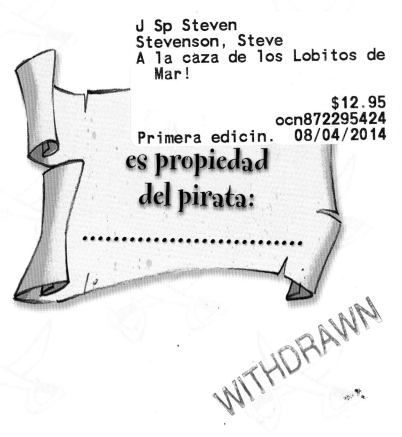

es propiedad
del pirata:

....

LOS LOBITOS DE MAR

Cinco, como los dedos de una mano,
estudian el primer curso en la Escuela de Piratas
y aspiran a convertirse en expertos bucaneros.

Jim

Inteligente y audaz, está
siempre dispuesto a sacar
a sus amigos de cualquier
apuro. Es de origen inglés.

Antón

Flaquito y un poco cobardica,
siempre se está quejando
de todo... Tiene orígenes
franceses.

Ondina

La única chica de la tripulación posee una habilidad insólita: habla con los peces. Es portuguesa.

Babor y Estribor

Los dos enormes y requeterrubios hermanos noruegos se parecen como dos gotas de agua y... ¡no hacen más que meterse en líos!

LOS CAPITANES

Los maestros Pirata tienen el título
de capitán y cada uno de ellos enseña
una asignatura distinta de la piratería.

Hamaca

Holgazán y dormilón,
el profesor de los Lobitos
de Mar es maestro de Lucha
porque... reparte golpes
como pocos en el mundo.

Shark

El maestro de los
Tritones está lleno
de cicatrices dejadas
por tiburones y medusas.
Enseña Navegación.

Letisse Lutesse

Es maestra de Esgrima.
Bonita y siempre elegantísima,
se le considera la pirata más
hermosa del mar de los Satánicos.

Sorrento

El maestro de Cocina
prepara el mejor caldo
del mar de los Satánicos.
A base de medusas, claro está.

Vera Dolores

Maestra de las Cintas Negras,
la imponente enfermera de
la isla es supersticiosa hasta
extremos inverosímiles y una
apasionada de los horóscopos.

Título original: *Caccia ai Lupetti di Mare*

Primera edición: noviembre de 2013

"All names, characters and related indicia contained in this book,
copyright of Atlantyca Dreamfarm s.r.l., are exclusively licensed
to Atlantyca S.p.A. in their original version. Their translated
and/or adapted versions are property of Atlantyca S.p.A.
All rights reserved."

©2010 Atlantyca Dreamfarm s.r.l., Italy
Proyecto y realización editorial: Atlantyca Dreamfarm s.r.l.,

Texto: Sir Steve Stevenson
Edición: Mario Pasqualotto
Ilustraciones: Stefano Turconi
"Original edition published by DeAgostini Editore S.p.A."

International Rights ©Atlantyca S.p.A.,
via Leopardi 8 -20123 Milano –Italiaforeignrights@
atlantyca.it-www.atlantyca.com

© de la traducción: Julia Osuna Aguilar
© de esta edición: Roca Editorial de Libros S.L.
Av. Marquès de l'Argentera, 17. Pral. 1.ª
08003 Barcelona
www.piruetaeditorial.com

Impreso por Egedsa
Rois de Corella, 12-16, nave 1
08205 Sabadell (Barcelona)

ISBN: 978-84-15235-58-3
Depósito legal: B-23644-2013
Código IBIC: YFC

Sir Steve Stevenson

La Escuela de Piratas

¡A la caza de los Lobitos de Mar!

Ilustraciones de Stefano Turconi
Traducción de Julia Osuna Aguilar

pirueta
www.piruetaeditorial.com

Para Davide Morosinotto y los demás
compañeros escritores que me apoyan.

Prólogo
Comienza
la aventura...

En los últimos meses los Lobitos de Mar habían vivido una serie de aventuras increíbles: habían descubierto el fabuloso Tesoro de los Tres Pecios, habían sido capturados por la Reina Azul, la pirata más famosa del mar de los Satánicos y, para rematar, habían naufragado en la Isla Prisionera.

Por suerte, los había rescatado un velero mercantil que se dirigía a la colonia inglesa de New Land.

Prólogo

Jim se había criado en la capital de la isla, la ilustre ciudad de Smog Town. El chico creía que sería el sitio ideal para mandar un mensaje de socorro al capitán de capitanes Argento Vivo y poder volver por fin a la Escuela de Piratas.

¿Así de fácil?

¡No, por supuesto que no!

El capitán del mercante les había advertido de que Lord Wilkins, el gobernador de New Land, se había hartado de las continuas correrías de los bucaneros y les había declarado la guerra a todos los piratas del mar de los Satánicos.

Si reconocían a los Lobitos, ¡darían con sus huesos en la cárcel!

Y, entonces, ¿qué pensaban hacer?

Durante la travesía los cinco aprendices de piratas habían ideado una estrategia con la ayuda del capitán del mercante. El barco haría escala en

Bahía Gris, un poblado de pescadores que estaba en la otra punta de la isla. Desde allí los Lobitos podrían dirigirse a Smog Town en plena noche sin ser vistos.

—Por nuestro bien será mejor que no vayamos vestidos de piratas —propuso Jim mientras observaba Bahía Gris envuelta en la bruma de la mañana.

—¿Ponerme yo ropa normal y corriente? —fanfarroneó el francesito Antón—. ¡Eso nunca!

—Antón tiene razón —corroboró Babor pasando un brazo por los hombros de su hermano Estribor—. ¡Nosotros somos piratas fieros y no tememos a nadie!

Los dos payasetes entrechocaron las manos y graznaron al unísono:

—¡ARRR!

Ondina, la única chica del grupo, pataleó sobre la toldilla para llamar su atención.

13

—Pero ¿qué os habéis creído? Miraos bien: ¡no sois más que dos barrigudos noruegos y un lechuguino más chupado que una merluza!

Antón alzó la barbilla y se pavoneó:

—Yo tengo una figura envidiable.

—Y nosotros estamos en perfecta forma —apuntaron Babor y Estribor sacando músculo.

Como siempre, no tardó en armarse la marimorena.

—Hacedme caso, chicos —intervino Jim con su paciencia habitual—. Para pasar desapercibidos solo hay que hacer unos mínimos cambios…

Los demás Lobitos lo miraron con recelo.

—¿A qué te refieres con mínimos cambios?

—le preguntó algo perpleja Ondina.

Para dar ejemplo, Jim se quitó el pañuelo azul de la cabeza y el fajín de la cintura.

—Basta cambiar algunos detalles para que nadie nos tome por piratas —explicó—. ¿Estáis conmigo o no?

Ondina dio a entender con un gesto que había comprendido y guardó su sombrero de cuero en un saco.

—Una idea estupenda —dijo sonriendo—. ¡Metámoslo todo aquí!

Los Lobitos fueron liberándose de las prendas más piratescas, pero cuando le llegó el turno a Antón...

—¡No, la chaqueta me la dejo! —protestó.

Ondina le plantó el saco delante de las narices.

—¡Mete ahí ese trapo cochambroso o te juro que te lo tiro al mar!

15

En ese preciso instante apareció el capitán del barco mercante y les anunció:

—Hemos atracado en Bahía Gris. Largaos a toda prisa. ¡Hay guardias por doquier!

Al oír sus palabras, Antón hizo una mueca de dolor, se quitó la chaqueta, la dobló con mimo y la metió en el saco.

Después de agradecerle al capitán toda su ayuda, con mucho sigilo, los Lobitos de Mar bajaron al muelle por una cuerda. Se escondieron detrás de una hilera de barriles para estudiar la situación.

A través de la fina neblina entrevieron el trasiego de personas que iban y venían de la plaza del mercado. Todos los habitantes de Bahía Gris tenían cara de pena e iban cubiertos con capas de color ceniza.

—¡Qué sitio más deprimente! —comentó Ondina.

—¿A qué esperamos? ¡Vayamos y démosles un

poco de nuestra alegría! —exclamó Estribor, que echó a correr hacia el mercado.

Babor lo siguió entre risotadas.

—¡No, esperad! —les advirtieron a coro Jim y Ondina, que habían visto un guardia a la entrada de la plaza.

Con su habitual despiste, los gemelos noruegos fueron a chocar contra el guardia y acabaron en el suelo.

¡CATAPLÚN!

Prólogo

—¿Y vosotros quiénes sois? —les preguntó el guardia, levantándolos por el gaznate—. ¡No os había visto nunca por aquí!

—Eso… —balbuceó Babor.

—Ejem… —vaciló Estribor.

Jim y Ondina fueron a socorrerlos, mientras Antón, parapetado tras los barriles, se apresuraba a rebuscar en el saco de la ropa y ponerse la chaqueta y el sombrero.

Entre tanto, el guardia había desenrollado varios pergaminos llenos de nombres y retratos y los comparaba con las caras de los cuatro chicos.

—Vosotros no seréis piratas, ¿verdad?

Jim y Ondina se disponían a responder cuando apareció Antón, dejó el saco en el suelo y se presentó con una galante reverencia:

—Soy el baronet Antón, para servirlo —dijo con tono refinado—. Y estos cuatro camarones al ajillo son mis despistados y humildes siervos.

El guardia se le quedó mirando y le preguntó con cierto recelo:

—¿Conque el baronet Antón, eh?

—¡El mismo! —respondió este alzando el mentón.

El guardia esbozó una sonrisa maliciosa y le enseñó un dibujo.

—Pues qué raro. ¡Se parece usted mucho a este joven bucanero!

El retrato era la viva imagen de Antón: ricitos castaños, gafitas de sabelotodo, tricornio y chaqueta morada.

Mientras los Lobitos castañeteaban los dientes del miedo, el guardia desenfundó el sable y empezó a proferir a voz en grito:

—¡Al pirata!

Al instante se desencadenó un gran revuelo en la plaza del mercado…

19

1
¡A la caza de los Lobitos!

—¡Vamos por allí!

—¡No, dobla a la derecha!

—¡Cuidado con el guardia!

Los Lobitos zigzaguearon entre los tenderetes del mercado: esquivaron a gente que salía despavorida, saltaron cajas y cestas llenas de fruta y rodaron por debajo de los puestos.

Babor y Estribor aprovecharon la confusión para echarse al bolsillo un puñado de caramelos de miel.

Capítulo 1

—¿Qué hacéis? ¡Daos prisa! —gritó Jim, que los esperaba algo más adelante.

Los hermanitos más rechonchos del mar de los Satánicos alcanzaron a sus compañeros en una bocacalle, con el guardia pisándoles los talones y blandiendo el sable.

—¡Sigamos por aquí! —ordenó Ondina, que iba en cabeza.

Pero, apenas retomaron la marcha, un pelotón de soldados con costosos uniformes asomó al otro lado de la calle.

—¡Que esos son capaces de matarnos! —exclamó Antón—. ¡Huyamos!

—Pero ¿por dónde?

—¡Volvamos a la plaza!

Los Lobitos dieron media vuelta a toda prisa y se encontraron al primer guardia de cara.

—¡Entregaos o ateneos a las consecuencias! —los

amenazó el soldado con el sable en ristre.

Jim vio por el rabillo del ojo una cuerda que colgaba del toldo de un tenderete y tiró de ella con fuerza.

¡RATAPLÁN!

Primero cayó el toldo, luego basculó el tenderete y por último se volcaron las cestas.

La plaza se llenó de manzanas rodantes que hicieron resbalar al guardia y a una decena de personas.

—¡Se lo tiene merecido! —se carcajearon Babor y Estribor, que brincaron como ranitas entre los obstáculos del suelo sin parar de hacerles muecas a los soldados. Al final Estribor pisó una manzana y acabó de bruces en el suelo, con su hermano a la zaga.

—¿No queríais diversión? —los reprendió Ondina—. ¡Pues ahí tenéis dos raciones! ¡Y ahora daos

prisa y levantaos que hay que largarse ahora mismo de aquí!

—¡No ha sido culpa nuestra! —replicó Estribor—. ¡Ha sido Antón, que se ha delatado!

—Sí, ¡es todo culpa de ese sapito de mar! —protestó Babor—. ¡Siempre tiene que estar pavoneándose!

—¡Solo quería salvaros el pellejo, desagradecidos! —se defendió el muchacho francés.

Jim los miró con los brazos en jarras y les dijo:

—¡Cerrad ya el pico y dedicaos solo a correr!

No tuvo que repetírselo, más que nada porque los guardias, tras un primer momento de confusión, empezaban a levantarse.

Los Lobitos dejaron atrás el mercado en el más completo caos. Avanzaron por la calle desierta y al cabo doblaron por un callejón oscuro y se encontraron ante una encrucijada.

¡A la caza de los Lobitos!

—¿Derecha o izquierda? —preguntó Ondina entre jadeos.

Jim trepó por el canalón de una casa para ver más allá de los tejados a dos aguas de Bahía Gris.

—Diviso unos montes a lo lejos. Son los que tenemos que atravesar para llegar a Smog Town —dijo señalando hacia la derecha—. ¡Ánimo, chicos, a todo trapo!

—¡Esperad! —intervino Antón, que soltó el saco en el suelo—. ¿No es mejor que busquemos un escondite en el pueblo?

Mientras volvían a enfundarse sus trajes de pirata, Jim les explicó por encima su plan:

—Bahía Gris está rodeada de kilómetros y kilómetros de montes horadados por minas. Podemos escondernos en los recovecos o entre la espesura y llegar a la capital sin que nos vean.

—¡No y mil veces no! —se negó en redondo

Antón–. ¡Yo me esconderé aquí hasta que se calmen las aguas!

–¡Ya estamos! ¡Nunca dejarás de ser un miedica! –suspiró Ondina.

En ese preciso momento oyeron unas pisadas que se dirigían hacia ellos.

–¡Los soldados! –gritaron aterrados Babor y Estribor–. ¡Huyamos!

Los Lobitos siguieron a Jim por el tortuoso laberinto de calles. Giraron a derecha, luego a izquierda y de nuevo a derecha, por callejuelas que cada vez eran más estrechas y oscuras.

Hasta que…

—¡Un callejón sin salida! —exclamó Ondina, que se detuvo poco antes de chocar contra el muro de una tienda.

—¡Rápido, volvamos! —gritó Jim, pero, cuando se giró para regresar por donde habían llegado, se puso más blanco que una vela recién lavada.

Los demás lo imitaron.

—¡Esto se pone feo! —gimió Babor.

—¡Se pone feísimo! —corroboró Estribor.

—¿Qué os había dicho? —susurró Antón—. ¡Era mejor esconderse!

Y no le faltaba razón…

El pelotón de soldados avanzaba hacia ellos con los fusiles cargados y les bloqueaba toda vía de escape. A mitad de camino el guardia de antes se separó del resto, desenrolló un pergamino y

leyó con su estruendoso vozarrón:

—Por orden de Lord Wilkins, el gobernador de New Land, quedáis arrestados por un delito de piratería.

Los cinco chicos retrocedieron hasta la pared y se arrimaron los unos a los otros.

—¿Os rendís o tenemos que ir a por vosotros? —preguntó el guardia con una sonrisilla de suficiencia.

Los Lobitos no respondieron: todos habían

bajado la cabeza al oír unos ruidos provenientes de la alcantarilla que tenían a sus pies.

—Soldados, ¡apresen a estos granujillas! –tronó el guardia.

Los hombres avanzaron en bloque pero, justo cuando se disponían a arrestar a los Lobitos, se oyó un estrépito metálico seguido de una salva de gritos…

¡La alcantarilla se había abierto bajo los pies de los Lobitos!

Los cinco piratas habían desaparecido como por arte de magia en el agujero y al instante la rejilla había vuelto a cerrarse.

¿Quién los había salvado?

2
La Banda
del Carbón

Al abrirse la alcantarilla, los Lobitos resbalaron por un tobogán y aterrizaron sobre un mullido montón de paja.

¡Pasaron todo el descenso aullando de miedo!

—¿Dónde estamos? —preguntó Antón con voz temblorosa.

—Está más negro que la pez. ¿Qué quieres, que juguemos a las adivinanzas? —respondió con sorna Ondina.

Dio la impresión de que la chica hubiese pronunciado la palabra mágica, porque en ese momento se encendieron varias luces.

Eran velas instaladas en los cascos de mineros.

—¡Bienvenidos, amigos piratas! —dijo un muchacho alto y con la cara llena de hollín.

A su lado tres pequeñuelos con ropas sucias repitieron a coro:

—¡Bienvenidos!

Jim se puso en pie de un salto y los miró maravillado.

—¿Y vosotros… quiénes sois? —balbuceó.

El muchacho alto le tendió la mano en señal de amistad.

—Yo soy Número 4 —se presentó—. Y estos de aquí son Número 11, 12 y 13, los nuevos.

—¿Los nuevos? —indagó Antón—. ¿De qué?

—Somos miembros de la Banda del Carbón —respondió sonriente Número 4.

Jim se dio una palmada en la frente.

—Pero ¡si yo os conozco! —exclamó—. ¡Sois la banda de ladrones más famosa de New Land!

—Todos somos hijos de mineros —les explicó Número 12—. ¡Nos hemos rebelado contra Lord Wilkins, nuestro opresor!

—Y ante todo somos fugitivos, como vosotros, si no me equivoco —concluyó orgulloso Número 4, que se colocó bien la casaca llena de polvo—. Por eso os hemos salvado. Os consideramos hermanos y os ayudaremos a escapar.

Jim sonrió y les dijo:

—Gracias, sin vuestra ayuda no habríamos podido escapar y nos habrían capturado los soldados del gobernador. Ahora nos toca a nosotros presentarnos: somos los Lobitos de Mar, alumnos del segundo curso de la Escuela de Piratas.

—¡Querrás decir los mejores alumnos de la Escuela de Piratas! —intervino Babor.

—¡Bien dicho, hermanito! —aprobó Estribor, que abrazó calurosamente a Número 4 y se llenó de hollín de la cabeza a los pies. En cuanto lo hizo, le entró un ataque de tos por el polvo que despidió la casaca del muchacho.

Los chicos de la Banda del Carbón se echaron a reír.

Pero, entre tanto…

¡CLAN, CLAN, CLAN!

Por encima de sus cabezas los soldados habían

abierto la alcantarilla y se apresuraban ya por el pasadizo.

—¡Rápido, seguidnos por las galerías! —exclamó Número 4—. ¡Y cuidado, no os perdáis!

Los Lobitos salieron pitando, envueltos en la más absoluta oscuridad. Veían el camino gracias a las velas de los cascos que llevaban sus nuevos amigos.

Por fin llegaron a una cueva con una bóveda altísima y aparejos de minería desperdigados por doquier.

Se detuvieron para recobrar el aliento.

—Ahora tenemos que separarnos —les anunció Número 4—. ¿Adónde os dirigís?

—A Smog Town —susurró Ondina.

Número 4 les señaló tres vagonetas que había sobre unos raíles.

—Coged la línea dos —les explicó—. Atraviesa toda

la isla hasta llegar a Smog Town.

—¿Cómo? —exclamó Antón—. ¿No pensaréis que voy a viajar bajo tierra en esa chatarra?

Los demás Lobitos titubearon, mientras de lejos les llegaba el eco de unos cacareos exaltados.

—Los soldados nos están dando caza. ¡Poneos nuestros cascos y partid cuanto antes! —dispuso Número 4.

Los chicos de la Banda del Carbón les dieron sus cascos de minero y acto seguido desaparecieron por la oscuridad de una galería.

Siguió un momento de indecisión.

—¿Qué hacemos ahora? —preguntó Babor.

—Lo mejor es que sigamos el consejo de nuestros amigos —sugirió Ondina.

Antón se cruzó de brazos y puso su típica cara de obcecación.

—¿Quién nos asegura que no acabaremos en un

hoyo? —protestó—. ¿O que las vías están en buenas condiciones?

—Tendremos que arriesgarnos —replicó la joven pirata.

—Yo de aquí no me muevo —sentenció Antón—. ¡Y esta vez lo digo muy en serio!

Jim se quedó pensativo. De pequeño había recorrido la isla a pie de una punta a otra, pero ahora, en cambio, estaban bajo tierra y no era igual que por la superficie. Escrutó las tres vagonetas de transporte de minerales: estaban desvencijadas y probablemente llevaban mucho tiempo sin usarse. Un poco más adelante la vía se dividía en dos galerías distintas.

—¿Llevas la piedra de eslabón, Ondina? —preguntó.

—Claro, como siempre. ¿Por qué lo preguntas?

—Id a esconderos tras aquellas rocas —les dijo Jim

a los demás–. Y apagad las luces de los cascos.

–¿Qué estará tramando, Estribor? –le preguntó Babor a su hermano.

Este se encogió de hombros, dándole a entender que no tenía ni idea.

–Pero ¿te has vuelto loco? –chilló Antón–. ¡No vamos a ver nada!

–Tampoco los soldados cuando lleguen –intervino Ondina, que había comprendido la idea de Jim–. ¡Vamos, todos callados!

Fueron a esconderse donde había dicho Jim. Tras aguardar un par de minutos, vieron aparecer a la guarnición al completo, provista de linternas y cuerdas de escalada.

En ese momento el inglesito tiró de la palanca para desenganchar la vagoneta, que se perdió en la oscuridad.

–¡Han cogido la vía tres! –exclamó de pronto el

guardia señalando hacia la galería por donde había desaparecido la vagoneta—. ¡Sigamos por allí!

Los Lobitos lo festejaron en su escondite: ¡el plan para librarse de sus perseguidores había funcionado a las mil maravillas!

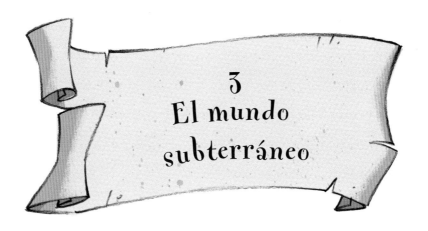

3
El mundo subterráneo

—Ya podemos encender las velas —susurró Jim cuando el estrépito de la guarnición se hubo perdido por completo.

—Cogeré la piedra —anunció Ondina, que al momento exclamó con asombro—: Eh, ¿quién ha metido este pañuelito en la bolsa? —La chica frotó la piedra de eslabón, encendió la vela y observó el dibujo que había en la tela—. ¿Qué será esto? —preguntó perpleja.

Jim cogió el pañuelo y lo observó.

—Parece un mapa —murmuró—. Mirad, hay algo escrito.

Los demás Lobitos se acercaron llevados por la curiosidad.

—«Mapa para encontrar la guarida de la Banda del Carbón en Smog Town» —leyó el inglesito.

—Nuestros nuevos amigos han debido de pensar que quizá los necesitásemos en la ciudad —comentó Ondina.

Jim asintió y se metió el pañuelo en el bolsillo.

—Todo un detalle por su parte... Pero, ahora, venga, ¡prosigamos! —les dijo a los demás, mientras Ondina encendía el resto de velas con la suya.

Como Antón se había negado en redondo a subirse a la vagoneta, los Lobitos tuvieron que caminar en paralelo por la vía dos.

Todos llevaban el casco de minero, salvo el chico francés, que no quería renunciar a su sombrero y se había puesto al final de la cola.

Avanzaron por la galería durante más de una hora sin intercambiar apenas palabras. A cierta altura el pasillo empezó a estrecharse cada vez más.

A Antón le entró un ataque de claustrofobia.

—¿Estamos seguros de que vamos por el buen camino? —murmuró con la cara del color del pepino—. Me está dando vueltas la cabeza…

Los demás, que estaban ya acostumbrados a sus escenitas, siguieron sin hacerle caso.

Refunfuñando entre dientes, Antón les siguió de mala gana…

… al menos hasta que a un lado de la galería apareció un agujero muy profundo.

—¡Por todas las morenas! —gritó el chico francés, que saltó a los brazos de Babor—. ¡Sabéis que sufro de vértigo!

Jim se agachó para mirar por el agujero.

—Parece que por ahí abajo discurre un río subterráneo y la vía sigue en esa misma dirección —anunció por fin.

Empezaron a bajar con cuidado porque el terreno estaba mojado y resbaladizo.

—¡Eh, chicos! —los llamó Estribor—. ¿No os parece escuchar ya el sonido del agua?

Los Lobitos aguzaron el oído.

—¿Agua? A mí me parece una voz —dijo Ondina.

Jim asintió con la cabeza.

—¡Alguien está pidiendo ayuda! —exclamó—. ¡Rápido, chicos, vayamos a ver!

—¿Estáis locos? —chilló Antón—. ¡Ya tenemos suficientes líos! Tenemos que salir de aquí a toda prisa.

Pero sus compañeros habían acelerado el paso y se vio obligado a correr tras ellos para no quedarse a solas en la oscuridad.

La galería descendía y se iba ensanchando cada vez más.

Los chicos se quedaron de piedra cuando descubrieron que no había un río, ¡sino un inmenso lago subterráneo!

—¡AUXILIO! —oyeron gritar a lo lejos—. ¿HAY ALGUIEN AHÍ?

Ondina y Jim cruzaron una mirada inquisitiva.

—Viene del lago, tenemos que hacer algo —resolvió la chica.

—¿Cómo? —chilló Antón—. ¡Pero si la Banda del Carbón ha dicho que sigamos la vía dos!

Nadie escuchó sus palabras: Ondina se lanzó al agua y empezó a nadar con la cabeza por fuera para que no se le apagase la llama.

No tardó en desaparecer de la vista del resto de Lobitos.

Entre tanto, Antón seguía lamentándose:

—Pero ¿por qué no me hacéis caso? Acabaremos metiéndonos en un lío, ya lo veréis…

De repente, al ver una luz acercarse por la orilla seguida de una gran figura oscura, se calló.

—¡Aaah! ¡Un fantasma! —gritaron Babor y Estribor.

—¡Huyamos! —gritó Antón.

¡PATAPÚN!

Con las prisas los aprendices de pirata chocaron los unos con los otros y a punto estuvieron de caerse al lago. Las velas de los cascos se apagaron con un chisporroteo y todo se vio envuelto por la oscuridad más absoluta.

Salvo por una luz: la de Ondina, que estaba amarrando una barca en la orilla. ¡Había sido ella quien les había dado ese susto a sus compañeros!

—¿Dónde os habéis metido, chicos? —preguntó sorprendida.

Los Lobitos se levantaron lentamente y se frotaron los ojos.

A Ondina la acompañaba una linda muchachita: tenía la piel blanquísima y llevaba un vestido celeste rematado por bordados y encajes; aunque estaba hecho jirones, se apreciaba su exquisita factura.

—Me la he encontrado en medio del lago, navegando a la deriva —les contó Ondina a sus amigos—. Me ha dicho que se llama Lidia.

—Me raptó el malvado capitán Cucaracha —les explicó la muchachita con una voz apenas audi-

ble–. ¡Qué miedo! Conseguí zafarme de sus garras y llevo un día vagando en la oscuridad sin ver a nadie…

–¿De dónde eres, Lidia? –le preguntó Jim.

–De Smog Town –respondió sin más, y cambió de tema al instante–: Y vosotros, ¿quiénes sois, mis valientes salvadores?

Antón, que se había quedado prendado del encantador rostro de la muchachita, se le acercó de un brinco, como un resorte.

–A vuestro servicio, madamisela Lidia –dijo refinadamente–. ¡Yo soy el gran pirata Antón!

–¡¿Pirata?! –se asustó la chica.

El resto de Lobitos se llevaron las manos a la cabeza: su amigo Antón siempre se las ingeniaba para meter la pata…

–Somos solo aprendices –le restó importancia Jim.

Pero la damisela parecía haber recuperado el

color y para su sorpresa, saltaba de alegría.

—¡Nunca había conocido a piratas de verdad! —exclamó entusiasmada—. ¿Me llevaréis de viaje en vuestro barco?

—¡Os lo prometo, madamisela! —le dijo Antón con sonrisa bobalicona.

Ondina resopló y encendió una tras otra las velas de sus compañeros.

—Bueno, ¿qué, reemprendemos la marcha? —preguntó en tono cortante.

4
Las cloacas
de Smog Town

Antón no hacía más que buscar la ocasión para ponerle ojitos a lady Lidia.

—El río subterráneo va en la misma dirección que la vía dos… ¿Por qué no cogemos la barca? —propuso—. Así llegaremos antes a nuestro destino.

Jim no las tenía todas consigo.

—No sé… ¿Y cómo podemos saber que no cambiará luego de dirección?

Antón hizo oídos sordos.

—¿A qué esperamos, chicos? —exclamó, dándose

más aires que nunca–. ¡A los remos, que nos vamos!

Jim y compañía no daban crédito a lo que veían: Antón parecía otra persona, ¡enérgico y valeroso!

–Yo tampoco estoy segura de que sea buena idea –intervino Ondina–. ¡Esto es un auténtico laberinto!

Pero Antón ya había ayudado a Lidia a subir a la barquilla, y Babor y Estribor les habían imitado. Con su picardía habitual, había convencido a los hermanos con una sola frase:

–¡Cuanto antes lleguemos, antes comeremos!

Al ver que los demás estaban ya montados en la barca, Jim se encogió de hombros y subió a bordo.

Los Lobitos avanzaron poco a poco: como siempre, los dos hermanitos fortachones se pusieron a los remos, mientras Antón entretenía a su huésped con relatos de aventuras piratescas.

La muchacha reía y aplaudía, y no parecía hartarse de escucharlo.

Jim y Ondina, en cambio, iban concentrados en el trayecto.

La corriente empujó la embarcación hacia el interior de un túnel natural, de cuyo techo pendían estalactitas milenarias.

En cierto momento Lidia le preguntó a Ondina:

—¿Podrías prestarme un poco de polvos de tocador?

—¿Polvos de tocador? —respondió extrañada la otra—. ¿Eso qué es?

En el rostro de la damisela se dibujó una expresión de perplejidad.

—Pero ¿es que nunca te maquillas?

Antón rio con ganas.

—Ondina no es tan refinada como vos, madamisela Lidia —dijo, y luego se limó la uñas y añadió—: Ni como yo, para ser sinceros…

La joven pirata le lanzó una mirada resentida a su compañero.

—Pero ¿qué te has creído, bacalao de tres al cuarto? —exclamó furiosa.

Jim tuvo que coger a Ondina del brazo para evitar que le propinase un sonoro coscorrón a Antón.

—Dejad de pelearos, chicos —dijo con voz firme—. ¡Tenemos que llegar a Smog Town cuanto antes!

Como para recalcar lo dicho, la barca cabeceó y empezó a surcar el agua cada vez más rápido. Babor y Estribor sacaron los remos del agua y se unieron a sus amigos en el centro de la barca.

¡BRUUMM!

De lejos les llegó un fragor ensordecedor.

—¿Qué ha sido eso?

—¡Parece el ruido de una cascada!

—¿Una cascada? ¿Bajo tierra?

¡BRUUMM! ¡BRUUMM! ¡BRUUMM!

La barca volaba ya por encima del agua. Los Lobitos se agarraron a los asientos, mientras que

Lidia completamente aterrorizada se abrazó a Antón.

Incluso en pleno peligro, el joven francés no dejó de fanfarronear.

—¡Agarraos fuerte, mi madamisela! —gritó cuando la barca se hundió de cabeza en la cascada atronadora.

Fue un milagro que la barca no volcara.

—¿Qué os había dicho? —exclamó fanfarroneando Antón—. ¡No hay ningún peligro, Antón lo tiene todo controlado!

—¡Mi héroe! —exclamó Lidia.

El joven francés hinchó el pecho como un pavo.

—¡Ya no aguanto más! —bramó Ondina por lo bajo—. ¡Que deje ya de hacerse el valiente delante de Lidia!

Pero en ese preciso instante…

—¡Qué peste! —exclamó Babor.

Estribor se tapó la nariz.

—¡Es realmente insoportable! —corroboró.

Jim metió un dedo en el agua plácida y luego lo

olisqueó, alejándolo de inmediato de su nariz.

—¡Buenas noticias, chicos! —anunció.

—¿A qué te refieres? —preguntaron los demás, que habían intentado por todos los medios librarse de aquel tufo pestilente.

—Estamos en las cloacas de Smog Town —les explicó con una sonrisa Jim—. ¡Nuestra meta está cerquísima!

—Perdona que no lo celebre… —dijo Babor observando los líquenes verdosos que habían reemplazado a las aguas límpidas.

El techo y las paredes de la cloaca estaban hechos de ladrillos, y por ambas orillas había un estrecho caminito.

—Dentro de poco podremos subir a la superficie —les explicó Jim—. Con un poco de suerte encontraremos…

Pero la voz no le salió de la garganta.

61

¡CRAC!

Algo había chocado contra la barca y la había sacudido.

—¿Qué ha pasado? —preguntó con voz temblorosa Estribor.

—A lo mejor ha sido una roca o algún desecho —respondió Babor.

—¿Y estos agujeros? —preguntó Ondina.

Todos observaron los orificios que se habían abierto en el casco, por donde surgían pequeños ríos de líquenes podridos.

Al cabo de un momento…

¡CRAC, CRAC, CRAC!

—¡Lo he visto! —gritó Antón—. ¡Es un monstruo de cien dientes!

Mientras la barquita se hundía, los chicos siguieron con la mirada la figura oscura que se alejaba.

—¡Es un caimán! —gritó Ondina—. ¡Salgamos de la barca antes de que nos coma vivos!

Los Lobitos se lanzaron al agua, pero Lidia, que no quería mancharse, se quedó inmóvil en la barca.

—¡Saltad a mis brazos, madamisela! —le propuso Antón, que hacía pie.

Sus compañeros ya habían salido del agua.

—¡Corred, que está volviendo!

—¡Tiene las fauces abiertas!

Lidia por fin se decidió.

—¡Cógeme al vuelo, mi héroe! —gritó lanzándose

al agua con los ojos cerrados.

Pero en lugar de eso…

¡PAF!

Antón la había cogido, pero se había caído con ella al agua cenagosa.

Entre tanto, el caimán se acercaba amenazante…

5
El reino
del capitán Cucaracha

—¡Detente, Néstor! —tronó una voz.

Un instante antes de zamparse a Antón y a Lidia, el caimán levantó del agua su gran cabeza y su boca repleta de dientes amarillos. Después se fue con el rabo entre las piernas hacia su amo, como un perrillo obediente.

—¿Qué hacéis en mi reino? —preguntó el hombretón que había salido de la penumbra con un farol—. ¿Es que no sabéis que es peligroso?

Tenía un aspecto horrible: forúnculos en la nariz, dientes podridos, uñas negras y ropajes hara-

pientos. De los bolsillos le sobresalían corazones de manzana, raspas de pescado y huesos descarnados.

Temblando de pies a cabeza, los chicos se mantuvieron a cierta distancia de aquel tipo siniestro.

—Solo pasábamos por aquí —le dijo Jim muy cortésmente—. No queríamos molestar a su… ¡mascota!

—¿Mascota? —rio el hombretón—. Néstor es mi guardaespaldas. ¡Es capaz de tragarse a un hombre de un solo bocado!

Su risa inquietante retumbó contra las paredes de ladrillo y los Lobitos se echaron a temblar. Mientras tanto, Lidia se había escondido detrás de Antón y estaba tirándole de los faldones de la chaqueta.

—¡Es el capitán Cucaracha! Que no me vea… —susurró aterrada.

—¿El capitán Cucaracha? —repitió en voz alta Antón.

El hombretón le lanzó un pececillo a su caimán y aguzó el oído.

—¿Conocéis mi nombre? —preguntó arqueando una ceja—. ¿Quién os lo ha dicho?

—Nadie —intervino al instante Ondina—. Nos han hablado de usted en la escuela.

El capitán Cucaracha echó a andar con grandes zancadas, seguido de cerca por el caimán, que chapoteaba alegremente en el agua fétida.

—¿Me tomáis el pelo? —exclamó llevado por la cólera—. ¿Quiénes sois? ¿Os manda el gobernador Wilkins?

—No estamos tomándole el pelo —replicó Jim—. Somos los Lobitos de Mar, alumnos del capitán de capitanes Argento Vivo.

Por lo general aquella frase bastaba para asustar a cualquiera, pero el capitán Cucaracha siguió avanzando sin pestañear.

—¿Quién anda escondiéndose detrás de ese canijo? —preguntó al tiempo que desenfundaba una espada dentada.

¿Qué podían hacer los Lobitos de Mar?

¿Escapar con el caimán pisándoles los talones?

La luz del farol alcanzó a los chicos y el capitán Cucaracha atisbó los elegantes drapeados del vestido de Lidia.

—Pero ¿qué ven mis ojos? —exclamó el hombretón esbozando una gran sonrisa–. Lady Lidia, ¡la hija del gobernador! Por fin volvemos a encontrarnos.

Los Lobitos se quedaron mudos.

¿Habían viajado con la hija del gobernador Wilkins?

–Si sigue acercándose –intervino Antón con gran valentía–, tendrá que pasar por encima de mi cadáver.

–¿Yo? Será Néstor quien te chupe la sangre –rio el capitán Cucaracha–. ¿Verdad, pequeñuelo mío?

Ondina miró a su alrededor. Poco más adelante, en el techo, vio una vía de escape, una trampilla que daba a la superficie. Pero antes de nada tenían que librarse del capitán Cucaracha.

–¡Al ataque! –gritó.

–Pero ¿qué hace? –se preguntaron Babor y Estribor.

—¡Ayudémosla, chicos! —chilló Jim.

El tosco capitán Cucaracha se vio presa de patadas y barrigazos.

Jim le hizo entonces la zancadilla y lo tiró al suelo con un sonoro porrazo.

Ondina se apresuró a cogerle la espada y tirarla al agua de las cloacas.

—¡Estás acabado, sapo repugnante! —exclamó.

El capitán Cucaracha empezó a reírse a mandíbula batiente.

—¡Los que estáis acabados sois vosotros, piratillas de medio pelo! —dijo, dándose una palmada en el barrigón—. Anda, será mejor que miréis detrás de vosotros…

Los cuatro Lobitos se volvieron de golpe.

—¡Oh, no! —dijeron a coro.

Antón y lady Lidia estaban arrinconados por el caimán Néstor, que aguardaba tan solo una orden para abalanzarse sobre ellos…

¡Menudo entuerto!

Mientras se levantaba tranquilamente, el capitán Cucaracha les dio a elegir:

—O me entregáis a lady Lidia o vuestro amiguito acabará en la panza de Néstor. ¿Qué preferís?

Antón apretaba entre sus brazos a su amada para defenderla del peligro.

—¡No os rindáis, chicos! —gritó—. ¡Si me atrapa el caimán, escapad vosotros con lady Lidia!

—¡No! —exclamó esta—. No es justo que arriesguéis vuestras vidas, me entregaré al capitán Cucaracha.

—¡Por fin entráis en razón, lady Lidia! —dijo el malandrín desgañitándose de la risa—. Os habéis escapado una vez, pero juro que será la última.

Los Lobitos no querían que se sacrificase por ellos. Pero no tenían otra salida…

Lady Lidia besó a Antón en la frente y le agradeció su valentía. Después se encaminó hacia el hombretón, que seguía riendo a más no poder.

Muy apenados, los Lobitos vieron desaparecer a la chica en compañía del capitán Cucaracha y su fiel caimán.

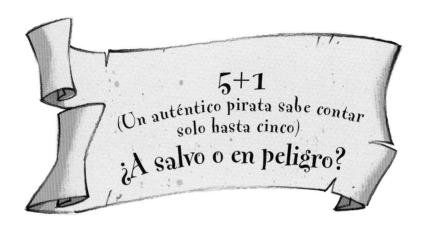

5+1
(Un auténtico pirata sabe contar solo hasta cinco)
¿A salvo o en peligro?

Los Lobitos rodearon a Antón para consolarlo.

—No te preocupes —le dijo Babor—. Volveremos para liberar a lady Lidia con la ayuda de nuestros compañeros de escuela.

—O le contaremos lo sucedido al gobernador Wilkins —añadió su hermano.

Antón intentaba contener el llanto.

—Si vamos con esa historia a los guardias, ¡ninguno nos creerá! —dijo apenado.

—Pues entonces pensemos otra solución

75

—propuso el juicioso Jim.

Antón se levantó muy lentamente.

—Para mí que la hemos perdido para siempre…
—dijo en tono seco, mientras un lagrimón le rodaba por la mejilla.

Ondina, mientras tanto, les había señalado la trampilla a sus compañeros.

Era una plancha redonda de hierro forjado empotrada en el techo de ladrillos.

¿Cómo la abrirían?

Los Lobitos reflexionaron un rato pero ninguno logró dar con una solución.

—¿Y si hacemos un castillo humano? —propuso por fin Jim.

—¡Qué bonito! —se entusiasmó Babor.

Los dos hermanos noruegos formaron la base del castillo, Jim y Ondina se montaron encima y Antón subió arriba del todo.

El joven francés empujó la trampilla con todas sus fuerzas y no tardó en desplazarla hacia un lado. Trepó a la superficie a la velocidad del rayo y alargó el brazo para ayudar a subir a Ondina.

Entre los dos tiraron de Jim por las axilas y al cabo fueron a buscar una cuerda para alzar a la superficie a los dos hermanos entrados en carnes.

Pasaron los minutos.

Babor y Estribor contemplaban el agu-

jero redondo, por donde se divisaban las estrellas que brillaban en el cielo nocturno.

De repente cayó una cuerda.

—¡Ahí está! —suspiró Babor, que le guiñó un ojo a su hermano.

Empezó a subir con gran esfuerzo: su masa de grasa retemblaba a cada impulso.

Cuando alcanzó la superficie, le tocó el turno a Estribor.

—¡Allá voy, chicos! —exclamó entusiasmado.

No obtuvo respuesta.

Completó toda la subida con cara sonriente, pero, en cuanto vio lo que le aguardaba arriba, se le mudó la expresión.

—¡Oh, oh! —gimió.

¡Los guardias habían atrapado a sus compañeros!

¡Estaban atados y amordazados como salchichones!

Estribor intentó dejarse caer pero le echaron el guante entre cinco o seis. Lo empujaron hacia donde estaban sus amigos, que habían observado toda la escena sin poder advertirle del peligro.

El guardia de Bahía Gris desenrolló una vez más el pergamino y repitió el ritual de rigor: «Por orden de lord Wilkins, el gobernador de New Land, quedan

arrestados por un delito de piratería».

Los Lobitos intercambiaron una mirada rápida.

Habían pensado lo mismo: ¡les esperaba un montón de aventuras por vivir antes de regresar a la escuela!

Nociones
de
piratería

La isla de New Land

New Land es el bastión inglés del mar de los Satánicos y está gobernada por el severo lord Wilkins. Es una isla grande donde abundan los yacimientos minerales. Las galerías subterráneas conforman un mundo aparte, frecuentadas siempre por mineros, malandrines y buscadores de filones metalíferos. Su superficie, en

cambio, es montañosa
y boscosa.
Sus habitantes traba-
jan día y noche, bajo la
estrecha vigilancia de la
guardia del gobernador.
¡Ojito con cometer
un error!

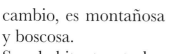

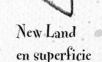

New Land
en superficie

1. Smog Town
2. Fosa Negra
3. Bahía Gris
4. Monte
   del Hierro
5. Paseo
   de los Mineros
6. Río de alquitrán
7. Camino
   de Levante
8. Entrada del Alba
9. Plantación
10. Floresta Funesta

New Land
bajo tierra

11. Lago subterráneo
12. Río de alquitrán

Oficiales y...
(caballeros)

Aquí tenéis un resumen de los uniformes y las ropas de los notables ingleses que se enfrentaron a los piratas entre los siglos XVI y XVIII.

Gobernador

El gobernador de una colonia solía ser de origen noble, poco habituado a la vida en el mar. Vestía elegantes pelucas y se maquillaba el rostro, como era tradición entre los lores ingleses.

Almirante

Experto en táctica militar y en rutas navales, el almirante llevaba el uniforme superior de la Royal Navy, al que se añadían todas las condecoraciones que obtenía por sus victorias.

Capitán

Licenciado por la academia de la Royal Navy, cuando se enfrentaba a las naciones enemigas y a los feroces piratas, el capitán debía ganarse el respeto de sus hombres con acciones valerosas y un ánimo inquebrantable.

Guardiamarina

Oficial de a bordo, el guardiamarina se fogueaba junto a un hábil capitán, mostrándose diligente y digno de respeto. Solía ser muy joven, recién salido de la academia naval.

Soldado raso

En tierra firme los soldados formaban las guarniciones que defendían los territorios conquistados o que asaltaban las islas nuevas. Iban pertrechados para cualquier contingencia.

¡Conviértete en un diestro espeleólogo!

Explorar grutas es tan arriesgado como aventurarse por aguas desconocidas. Con todo, en ocasiones requiere una dosis mayor de valentía, sobre todo si se tiene miedo a la oscuridad y a los espacios cerrados. Una curiosidad: el buen espeleólogo ha de conocer los principales nudos, ¡igual que en un barco!

Una recomendación importante

Para explorar cuevas es indispensable adoptar todas las medidas de seguridad posibles: ¡llevad siempre el equipo adecuado e id acompañados de expertos conocedores!

El equipo

El espeleólogo debe protegerse del frío y de la humedad con un mono cómodo que le permita una buena movilidad, así como calzar botas de goma o de montañismo. El uniforme se completa con un casco, que se utiliza tanto como protección como para apoyar la luz (el frontal). Para iluminar las galerías también se recurre a lámparas de carburo.

Llevad siempre una mochila ligera con provisiones de agua y comida, aparte del resto de enseres de escalada: garfios, cuerdas, mosquetones y arneses. En caso de grutas marinas se necesitará una pequeña balsa hinchable.

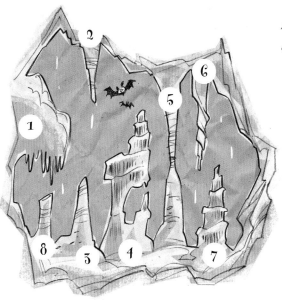

Algunas formaciones de las cuevas
1. medusa
2. estalactita
3. columna
4. estalactita retorcida
5. estalagmita en chimenea
6. estalagmita
7. estalagmita en rodilla
8. estalagmita en platos

¡Qué maravilla de estalactitas!

Todas las formaciones naturales de las cuevas (lo que se va depositando o sedimentando de forma natural) tienen formas distintas y casuales. Aparte de las estalactitas y de las estalagmitas, ¡mirad cuántas maravillas más se pueden admirar!

El laberinto subterráneo

Para jugar al laberinto subterráneo se necesita un dado de seis caras, fichas de distintos colores y una fotocopia aumentada de la página siguiente. Sentaos alrededor de una mesa ¡y a divertirse!

Las reglas: todos los jugadores empiezan en la casilla de ENTRADA y tienen que llegar a la casilla de SALIDA. Fijad los turnos de juego tirando el dado: empieza el jugador con el número más alto y le siguen el resto en el sentido de las agujas del reloj.

Movimiento: para desplazarse, tirad el dado y moved hacia donde queráis, de casilla en casilla y nunca en diagonal. Podéis pasar por delante de vuestros amigos pero no quedaros en la misma casilla: en tal caso, permaneced en la casilla anterior.

Las trampas: hay tres tipos y solo tienen efecto cuando se cae en la casilla marcada.
LA FOSA: caéis en un agujero y perdéis el siguiente turno.

LA CALAVERA: por el susto, regresáis a la casilla de ENTRADA.

LA PIRITA: mientras admiráis el oro falso, no
tiráis el dado durante tres turnos y solo adelantáis
una casilla cada vez.

Salida

Entrada

Índice

La Escuela de Piratas